수박 도둑

어르신 이야기책 _216 중간글

수박 도둑

초판 1쇄 발행일 2023년 2월 20일

지은이   김택근
그린이   낙송재
펴낸이   이원중

펴낸곳 지성사 출판등록일 1993년 12월 9일 등록번호 제10-916호
주소 (03458) 서울시 은평구 진흥로 68, 2층
전화 (02) 335-5494 팩스 (02) 335-5496
홈페이지 www.jisungsa.co.kr 이메일 jisungsa@hanmail.net

© 김택근 · 낙송재, 2023

ISBN 978-89-7889-522-4 (03810)

잘못된 책은 바꾸어 드립니다. 책값은 뒤표지에 있습니다.

수박 도둑

김택근 글 · 낙송재 그림

차례

수박 도둑

영순네는 해마다 수박 농사를 지었습니다.

영순네 수박은 달고 맛있었습니다.

마을 사람들은 수박밭이 공동묘지 밑에 있기 때문이라고 했습니다. 송장 썩은 물이 그 밭으로 스며들어 맛도 있고 몸에도 좋다고 했습니다.

정말 근거가 있는 얘기인지는 모르겠습니다. 그때도 그랬지만, 지금도 모르겠습니다.

영순이는 나랑 같은 국민(초등)학교 6학년이었습니다.

영순이 아버지는 공동묘지 아래 척박한 야산을 일궈 수박밭을 만들었습니다. 마을 어른들은 보통 사람이 아니라고 했습니다.

그날 밤, 우리는 공동묘지에 모여 영순네 수박밭을 노려봤습니다.

그동안 벼러온 수박 서리를 하는 날이었습니다.

달이 완전히 지기를 기다렸습니다.

재옥이 형은 짐짓 노래를 흥얼거렸습니다. 그 흥얼거림이
우리의 두려움을 떨쳐주었습니다.

달이 지자 묘지 위로는 별이 쏟아졌습니다. 반딧불이가
어지럽게 돌아다녔습니다.

수박 서리는 성공하면 장난이고, 붙잡히면
도둑이었습니다.

우리의 대장 격인 재옥이 형이 옷을 벗자고 했습니다.
우리는 겉옷을 모두 벗고 팬티만 걸쳤습니다.

벗은 옷은 무덤 위에 올려놨습니다. 각기 무덤 하나씩을
차지한 셈입니다.

재옥이 형이 우리 알몸에 흙칠을 해줬습니다. 몸이
번들거리면 작은 별빛이라도 몸에서 반사되니까 흙칠을
해야 한다고 했습니다.

그 형은 정말 빈틈이 없었습니다.

나만 국민(초등)학생이었고 형들은 모두 중학생이었습니다.
그 형들이 왜 나를 끼워줬는지는 잘 모르겠습니다. 형들이
있어서 하나도 무섭지 않았습니다.

온통 흙칠을 한 다섯 명은 수박밭으로 숨어
들어갔습니다. 단 냄새가 확 올라왔습니다.

우리는 두꺼비처럼 네 발로 살금살금 기어들어 갔습니다.

저만치 원두막에는 호롱불이 켜져 있었습니다. 그러나
그 불빛은 작고 보잘것없었습니다.

우리는 완벽하게 위장을 하고 납작 엎드려 수박밭을
휘젓고 다녔습니다.

수박이 익었는지 두드려보기도 했습니다. 수박은 통통
가벼운 소리가 나야 잘 익은 겁니다.

정말 여유가 있었습니다.

그런데 원두막에서 갑자기 플래시 불빛이 우리 쪽을
비쳤습니다. 그러자 누군가 소리쳤습니다.

"도망가자!"

형들이 후다닥 뛰었습니다. 얼결에 나도 수박 한

덩어리를 품고 뛰었습니다.

원두막을 내려온 플래시 불빛이 우리를 따라왔습니다.

"서라, 이놈들! 오늘은 놓치지 않는다."

영순이 아버지의 우레 같은 호통이 밤의 적막을 깨며

우악스럽게 뒤통수를 때렸습니다. 영순이 아버지는 우리를

기다리고 있었던 게 분명합니다.

우리는 냅다 공동묘지로 뛰었습니다.

형들은 묘지 위의 옷들을 챙겨 도망쳤습니다.
내가 봐도 무지하게 빨랐습니다.

맨 뒤에서 형들을 따라가던 나는 플래시 불빛을 피해
공동묘지 끝쪽의 무덤 뒤로 숨었습니다.

공동묘지까지 쫓아온 영순이 아버지는 가쁜 숨을
내쉬며 들고 온 작대기로 죄 없는 무덤을 내리쳤습니다.

"이놈들 붙잡히기만 해봐라."

그러더니 공동묘지 이쪽저쪽을 비췄습니다. 나는 숨을
죽이고 엎드려 있었습니다.

영순이 아버지는 마침내 무덤 위에 벗어놓은 내 옷을

찾아냈습니다.

이리저리 뒤적이더니 그대로 들고 원두막으로

가버렸습니다.

눈앞이 캄캄했습니다. 가장 걱정했던 일이 눈앞에서

벌어지고 말았습니다.

'내 옷을 순경에게 넘기면 어떡하나, 내 옷을 들고

돌아다니며 나를 찾아다니면 어떡하나…….'

할 수 없었습니다. 나는 죽을 각오를 하고 원두막으로 갔습니다.

"아저씨……."

나는 수박 한 덩어리를 들고 기어들어 가는 목소리로 영순이 아버지를 불렀습니다.

"누구냐? 이놈 보게, 너 감나무 집 아들이구나. 꼴좋다. 니 아버지한테 다 이를 테니까 그리 알어, 고얀 놈. 헌데 누구랑 들어왔어? 말 안 해?"

"……."

"말 안 헌다 이거지. 이놈아 너희들이 망쳐논 수박밭을
보라구. 네놈들 때문에 내가 얼마나 손해를 봤는지
알아?"

아저씨는 호통을 치다가 플래시로 내 몸 여기저기를
비춰봤습니다. 그때마다 흙칠에 풀물까지 든 알몸이
드러났습니다.

형들도 그 광경을 공동묘지쯤에서 내려다보고 있었을
겁니다.

나는 고개를 숙이고 아무 대답도 할 수 없었습니다.
몸이 자꾸 떨렸습니다.

"영순아, 옷 내줘라."

아, 창피해라. 원두막에는 영순이도 있었던 겁니다.
영순이는 옷을 던져주고 이내 숨어버렸습니다.

나는 너무나 창피했습니다. 어떻게 옷을 입었는지도
모릅니다.

　　영순이 아버지는 마을에서, 영순이는 학교 가서 목이

쉬도록 떠들 것입니다.

　　홀딱 벗은 수박 도둑 이야기는 순식간에 읍내까지

퍼져 나갈 것입니다.

　　집으로 돌아오는데 숨어 있던 형들이 나타났습니다.

형들은 그런 사정도 모르고 자신들의 이름을 불지 않았다며

내 머리를 쓰다듬고 난리였습니다.

그날 밤 한숨도 못 잤습니다. 하늘이 무너져 버렸으면 좋겠다고 생각했습니다.

외갓집으로 도망을 갈까, 다른 학교로 전학을 가면 어떨까, 서울 이모네 집으로 가버릴까…….

새날이 밝았습니다. 누가 대문 앞을 얼쩡거리기만 해도 소스라치게 놀랐습니다.

그렇게 하루가 지났습니다. 정말 길고도 길었습니다.

그런데 이상하게 아무 일도 일어나지 않았습니다.

그다음 날도, 또 그다음 날도 영순네 아버지는
나타나지 않았고, 아버지가 나를 부르지도 않았고,
마을에 소문이 굴러다니지도 않았습니다.

여름 방학이 끝났습니다. 나는 방학 숙제 걱정보다
영순이의 입이 더 걱정되었습니다.

그런데 가을이 오도록, 그리고 겨울이 오도록, 다시
졸업식이 다가오도록 영순이는 내 흉을 보지 않았습니다.

어쩌다 마주치면 알 듯 모를 듯, 수줍은 미소만
머금었습니다.

벌거벗은 수박 도둑 이야기는 그래서 아무도 몰랐습니다.

지금도 영순이 생각을 떠올리면 수박 냄새가 납니다.

달고 향긋합니다.

자룡이

자룡이는 누가 잘한다고 말하면 무엇이든 했습니다.

재주를 잘 넘는다고 말하면 정말로 재주를 넘었습니다.
주먹이 왕주먹이라 담벼락도 잘 때린다고 하면 주먹으로
담벼락을 때렸습니다.

자룡이 이마와 머리통, 손등은 성한 날이 없었습니다.
아이들은 자룡이에게 재주넘기를 시키고 깔깔거렸습니다.
그런데도 자룡이는 아이들 앞에서 어깨를 으쓱거리며
자랑했습니다.

"내가 왕초다. 나한테 절해라."

자룡이는 읍내 여기저기를 종일 쏘다녔습니다.

기차가 도착할 시간이면 역 대합실에 나타났습니다.
보따리를 들거나 이고 나오는 사람이 있으면 냉큼
쫓아가 받아 들었습니다.

초상이 났다 하면 상여가 나갈 때까지 그 집에
머물렀습니다. 심부름을 도맡아 했고, 온갖 허드렛일을
다 했습니다.

자룡이는 신이 나서 뛰어다녔습니다. 술통을 나르고,
장작을 패고, 불을 때고, 음식을 날랐습니다. 그러다가
때가 되면 푸짐한 상을 받았습니다.

제법 나이를 먹었지만, 여전히 아이들 앞에서 재주를 넘었습니다.

정확히 몇 살을 먹었는지, 성이 무엇인지, 집이 어디인지 아무도 몰랐습니다.

혼자 나돌아다니다 어디론가 사라졌습니다. 그러고는 새벽같이 일어나 이곳저곳을 기웃거렸습니다.

사실 자룡이 잠자리는 상여집이었습니다. 상여집은 마을에서 한참 떨어진 숲정이 옆에 있었습니다. 그 안에는 꽃상여가 보관되어 있었습니다.

상여집은 어른들도 외면하고 지나쳤습니다.

자룡이는 하나도 무섭지 않았습니다. 상여 옆에 거적을 깔고 태연히 잠이 들었습니다.

어느 날, 초상집에서 무서운 일이 벌어졌습니다.

이른 아침 읍내에 심부름을 가다가 나도 그 현장을 목격했습니다.

끔찍해서 지금도 생생히 기억하고 있습니다.

술에 취한 채 밤새 화투를 치던 노름꾼들이 상주에게
돈을 꿔달라며 행패를 부렸습니다.

그들은 마을 사람들이 아니었습니다. 초상집만
찾아다니며 노름판을 벌이는 꾼들이었습니다.

그 집 큰아들은 울상이 되어 연신 머리를
조아렸습니다.

"이제 상여 나갈 준비를 해야 합니다. 그만하시지요."

그러자 이를 노려보던 노름꾼 하나가 벌떡 일어나
다짜고짜 상주에게 달려들어 멱살을 잡아 흔들었습니다.

“밤새 송장을 지켜줬더니 대접이 겨우 이거야.”

노름꾼 완력에 큰아들이 술상 위로 넘어졌습니다.
여기저기서 비명 소리가 들렸습니다.

이를 보고 있던 마을 노인이 지팡이를 치켜들며
타일렀습니다.

“젊은이들, 이제 그만하시게. 초상집에서 이럴 수는
없네. 돌아가신 분을 모셔야지.”

그때 다른 노름꾼이 노인에게 다가오더니 지팡이를
낚아채며 소리 질렀습니다.

"이것들이 사람을 뭘로 보고. 송장 치우고 싶어?"

초상집은 삽시간에 난장판이 되어버렸습니다.

노름꾼들은 아무것이나 부수고 짓밟았습니다. 상여를
손질하던 사람들도, 그 집 식구들도 집 밖으로
도망 나갔습니다.

상을 발로 차고 술독을 깨고 만장을 짓밟았습니다.
그리고 마당 구석에 놓여 있는 상여 쪽으로
다가갔습니다. 상여마저 부숴버릴 기세였습니다.

담 밖에서 이를 지켜보던 사람들이 발을 굴렀습니다.

"아이고, 큰일이네. 저걸 어쩌나."

그때였습니다.

자룡이가 나타났습니다. 막 잠이 깨었는지 부스스한
머리가 더욱 헝클어져 있었습니다.

자룡이는 괭이를 추켜들고 상여 앞을 막아섰습니다.
패거리들이 다가오자 자룡이는 크게 외쳤습니다.

"내가 왕초다. 나에게 절해라."

하지만 표정은 금방 울 듯했습니다.

패거리들은 처음엔 멈칫했지만, 이내 자룡이의 엉성한
자세를 보고 간단히 괭이를 빼앗아버렸습니다. 그리고
그 괭이로 자룡이를 내리쳤습니다.

자룡이의 비명 소리가 새벽하늘을 찢었습니다. 피가
꽃상여에 튀었습니다.

그래도 누구 하나 나서지 않았습니다. 너무
무서웠습니다. 자룡이가 곧 죽을 것만 같았습니다.

그때 누군가 외쳤습니다.

"저기 순경 온다."

신고를 받은 순경이 자전거를 타고 나타났습니다.
그제야 놈들이 초상집을 나와 사라졌습니다.

피투성이가 되어 누워 있는 자룡이는 꼼짝도 안
했습니다. 자룡이는 리어카에 실려 갔습니다.

여기저기서 울음 섞인 외마디 소리가 들려왔습니다.

"아이고, 죽었는가 보네."

"아이고, 불쌍해서 어쩐다냐."

그날 이후 자룡이는 읍내에서 사라졌습니다. 죽었는지,
불구가 되어 떠도는지 아무도 몰랐습니다. 초상집에서도
자룡이는 자취를 감추었습니다.

읍내 사람들은 그제야 자룡이가 곁에 없음을
실감했습니다.

"자룡이가 없으니 초상 마당이 영 썰렁하네."

자룡이는 어쩌면 죽은 사람의 진정한 친구였습니다.

그날 그 새벽, 그 누구도 나서지 않은 것은 모두의
수치였습니다.

나는 그 장면만 떠올리면 부끄러움에 얼굴이
달아올랐습니다.

그로부터 십수 년이 지났을 겁니다. 친구 어머니가
돌아가셔서 고향에 내려갔습니다.

초상집에 도착했을 때는 이미 깊은 밤이었습니다.

마당으로 들어서자 누군가 절뚝거리며 다가왔습니다.
그리고 빙그레 웃었습니다.

"내가 왕초다. 나한테 절해라."

자룡이었습니다. 머리가 하얀 자룡이, 한쪽 다리를
절고 있는 자룡이.

나는 자룡이를 끌어안았습니다.

“우리 왕초님, 보고 싶었습니다!”

자룡이가 살아 있음이 그저 고마웠습니다. 자룡이가
고향이었습니다.

나는 울었고, 자룡이는 웃었습니다.

주막집 사랑

고갯마루에 주막이 있었습니다.

마을 사람은 물론이고, 읍에서 볼일을 보고 집으로
돌아가는 사람들이 들러 목을 축였습니다.

맹구 어머니 원평댁은 주막에 노을이 내릴 즈음이면
술에 취해 있었습니다. 얼굴이 노을보다 붉었습니다.

많이 취한 날에는 손님에게 욕을 퍼붓기도 했습니다.
그래서 술 마시러 갔다가 욕만 먹고 간다고 투덜거리는
사람도 있었습니다.

　　주막의 막걸리는 아침에는 텁텁하며 맛이 진했지만,
저녁에는 시금털털하며 싱거웠습니다.

　　사람들은 맹구 어머니가 막걸리에 물을 타서 그렇다고
했습니다.

　　나는 실제로 물을 타는 것을 목격했습니다.

　　막걸리 심부름을 갔을 때였습니다. 맹구 어머니가
막걸리 한 바가지를 쭉 들이켜더니 다시 그 바가지에
물을 퍼서 술독에 부었습니다.

뒤에서 그걸 지켜봤습니다. 그러다 그만 얼굴이 마주치고 말았습니다.

맹구 어머니는 씩 웃었습니다. 술 냄새가 확 풍겨왔습니다. 주전자에 술을 채워주며 내 머리를 쓰다듬었습니다.

"너만 알고 있어. 알았지?"

아무 대꾸도 하지 못했습니다. 술은 맹구 어머니가 마셨는데, 내 얼굴이 빨개졌습니다.

소주
막걸리
대희쌀
파전
酒家

아버지가 술이 싱겁다고 하면 무어라 해야 할지 걱정이
되었습니다. 다행히도 아버지는 평소처럼 맛있게
드셨습니다.

맹구 어머니는 사나웠습니다. 누구한테도 지지
않았습니다. 상대가 누구건 고개를 세우고
대들었습니다. 하지만 끝에 가서는 꺼이꺼이
울었습니다.

그때마다 맹구가 다가가 어머니의 눈물을 닦아줬습니다.
그러면 어머니는 맹구를 끌어안고 소리 내어
울었습니다.

맹구는 친아들이 아니었습니다. 웬 사내가 데려왔습니다.

술을 마시러 왔다가 잠시 아이를 맡아달라고 해서 고개를
끄덕였는데 날이 저물어도 나타나지 않았습니다.

할 수 없이 저녁을 먹이고 함께 잠자리에 들었습니다.
이름을 묻자 기어들어 가는 소리로 대답했습니다.

사내는 다음 날도, 또 그다음 날도 나타나지
않았습니다.

원평댁은 사내를 향해 욕을 퍼부었습니다.

“평생 이날까지 머리 한번 못 올려봤는데 뭔 놈의
새끼여. 죽일 놈, 내 앞에 나타나기만 해봐라.”

원평댁은 맹구에게도 욕을 퍼부었습니다.

“이놈아, 가서 니 애비 찾아와. 그런 놈을 애비로 둔
너도 참 불쌍하나.”

그러면서도 밥은 차려줬습니다.

달이 가도 사내는 나타나지 않았습니다. 원평댁은
지쳤는지 점차 욕설이 잦아들었습니다.

해가 가도 사내는 나타나지 않았습니다.

사람들은 원평댁을 '맹구 어머니'라고 불렀습니다.
처음에는 펄쩍 뛰며 눈을 흘겼지만, 나중에는 귓전으로
흘려들었습니다. 그리고 점차 맹구에게도 살갑게
대했습니다.

밭에 가거나 읍내에 다녀오려면 어린 맹구에게 주막을
잘 지키라고 했습니다.

"맹구야, 손님 오면 엄마 안 계신다고 해라."

"예, 엄마. 잘 다녀오세요."

맹구도 원평댁을 엄마라고 불렀습니다. 그럴 때면
맹구를 한참 동안 바라봤습니다.

자신을 엄마라고 부르는 사람은 세상에
맹구뿐이었습니다.

어떤 때는 기던 발걸음을 멈추고 되돌아와서 맹구를
껴안기도 했습니다.

"아이고, 내 새끼."

그런데 원평댁에게 한 가지 걱정거리가 생겼습니다.
맹구가 걸핏하면 아이들에게 얻어맞고 들어왔습니다.

원평댁은 맹구가 울고 들어온 날은 일손이 잡히지
않았습니다.

그렇다고 주막집 안에서만 맴돌게 할 수도 없는
노릇이었습니다. 맹구는 또래의 아이들과 함께 놀면서
커야 했습니다.

아이들은 맹구를 놀리고 따돌렸습니다. 그러다 싸움이
붙으면 모두가 한편이 되어 맹구를 몰아붙였습니다.

"애비 없는 후레자식."

"다리 밑에서 주워 왔네."

맹구는 울지 않으려 씩씩거렸지만, 결국에는 울고
말았습니다. 그러면서도 소리치며 대들었습니다.

"아니야. 우리 아버지 있어."

맹구는 주먹을 쥐고 달려들었고, 그때마다 몰매를
맞았습니다.

그날도 맹구는 맞고 들어왔습니다. 시퍼렇게 멍이 든
눈덩이를 소매로 가리며 울었습니다.

원평댁은 머리끝까지 화가 났습니다. 설거지를 하다 말고 뛰쳐나왔습니다. 붉은 얼굴이 더욱 붉어졌습니다.

"누구한테 맞았냐? 내가 오늘은 가만두지 않을 거야."

맹구는 아무 말도 못 하고 울기만 했습니다.

"말해! 누구냐고?"

그래도 맹구는 울기만 했습니다.

원평댁은 소매를 걷어붙이고 마을로 내려갔습니다.
그리고 집집마다 돌아다니며 소리쳤습니다.

"이 집 아들이 우리 맹구를 때렸지요?"

고개를 흔들면 다른 집으로 들어갔습니다.

"이 집 아들이 우리 맹구 때렸지요?"

원평댁은 온 마을을 돌아다니며 악을 썼습니다.
아이들은 어디로 숨어버리고 대신 어른들이 곤욕을
치렀습니다. 원평댁 목소리가 어찌나 큰지 마을의 개들이
짖었습니다.

원평댁의 고함은 마을이 어둠에 잠겨서야 잦아들었습니다. 어디서 그런 힘이 나오는지 사람들은 혀를 내둘렀습니다.

그 후로 아이들은 맹구를 때리지 않았습니다.

맹구는 주막집 밥을 먹은 지 3년 만에 국민(초등)학교에 입학했습니다.

맹구 엄마는 한복을 쪽 빼입고 입학식에 참석했습니다.

맹구는 대답도 잘하고 '앞으로 나란히'도 잘했습니다.
그걸 지켜보면서 원평댁은 옷고름으로 눈물을 찍어냈습니다.
돌아오는 길에는 중국집에 들러 짜장면도 사 먹였습니다.

맹구 손을 잡고 마을로 들어서는 원평댁을 사람들은
흐뭇하게 바라봤습니다.

"저것 좀 봐. 아이고, 진짜 어머니가 되어버렸네."

맹구 어머니는 화사한 한복에 환한 웃음을 지었습니다.
정말 고와 보였습니다.

고갯마루 주막은 장날에 특히 붐볐습니다. 장터에서 거나하게 취한 사람들이 다시 들러 한 잔 더 마셨습니다. 가을걷이가 끝나면 장터에는 돈이 돌고 사람들 얼굴에는 화색이 돌았습니다.

가을이 끝나갈 때쯤이었습니다. 장날이라 손님이 꽉 들어찼습니다. 맹구 어머니의 얼굴은 단풍처럼 붉었습니다.

노을이 내릴 때쯤 주막에 사내 하나가 들어섰습니다. 맹구 친아버지였습니다.

"아주머니, 저를 알아보실지 모르겠네요. 몇 년 전에……"

사내 얼굴을 한참 살피던 원평댁은 들고 있던 행주를 떨어뜨렸습니다. 마침 맹구는 놀러 나가고 없었습니다.

맹구 어머니는 어쩔 줄 몰라 했습니다. 무슨 잘못을 저지르다가 들킨 아이 같았습니다.

손님들이 그런 맹구 어머니를 쳐다봤습니다.

"우리 맹구 거둬 먹이는 것 먼발치서 보았습니다. 죄송하네요. 혼자 살다 보니…… 제가 집칸이나 장만해서, 이제는……."

맹구를 데려가겠다는 것이었습니다. 사내는 말을

더듬거렸지만 할 말은 다 했습니다. 손님들도 이야기의 앞과

뒤를 다 알았습니다.

맹구 어머니는 사내를 끌다시피 방으로 데리고

들어갔습니다.

주막에 앉아있는 손님들은 일제히 입을 닫고 귀만

열어놨습니다. 사내는 말이 없었습니다.

"날 보고 어쩌란 말이오. 있는 정 없는 정 모두

들었는데, 이제 와서 나보고 어쩌라고."

“죄송합니다, 아주머니. 용서해 주십시오.”

“한두 달도 아니고 해가 몇 번을 바뀌었는디. 진작
데려가든지 해야지, 이제 나보고 어쩌라고.”

사내는 아무 말도 못 하고 고개를 숙이고 있었습니다.

밖에서 얘기를 듣고 있던 사람들도 맞는 말이라며
고개를 끄덕거렸습니다.

“그렇게 앉아 있지만 말고 얘기 좀 해봐요. 아이고,
속 터져. 여보시오, 누가 여기 술 한잔 주시오.”

맹구 어머니가 방문을 벌컥 열어젖혔습니다. 그런데 문 앞에 맹구가 서 있었습니다. 고개를 숙이고 땅만 쳐다보고 있었습니다.

애기를 다 듣고 있었던 것입니다.

두 사람은 얼어붙은 듯 아무 말도 못 히고 맹구를 쳐다봤습니다. 맹구가 기어가는 목소리로 말했습니다.

"아버지, 나 여기서 어머니랑 살래요."

순간 주막 안이 찬물을 끼얹은 듯 조용해졌습니다. 아무도 말을 하지 못했습니다.

한참 있다가 원평댁이 갑자기 맨발로 뛰어나가 맹구를
꺼안았습니다.

사내는 그런 모습을 물끄러미 바라만 보고 있었습니다.
그리고 천천히 방 안에서 나와 신을 신었습니다.

그 시간이 길게 느껴졌습니다. 맹구가 달려가 사내
품에 안겼습니다.

"아버지, 우리랑 같이 살면 안 돼요?"

사내는 아무 말 없이 주막을 나갔습니다. 모두
그 뒷모습을 한참 동안 바라봤습니다.

이듬해 맹구 어머니는 주막에 남자를 들였습니다. 맹구 친아버지였습니다.

원평댁은 누가 시키지도 않았건만 만나는 사람마다 이렇게 말했습니다.

"아무 말도 못 하고 떠나가는 남정네 등짝이 짠혀서 못 봐주겠더라고. 가슴이 아파 죽겠더라고. 그러고 맹구한테는 아버지가 있어야 하겠더라고. 그나저나 저놈이 웬수인지 복덩인지 모르겠고만."

사람들은 맹구가 복덩어리리라고 했습니다.

　그로부터 몇 달 후, 주막집에서는 아침부터 고함
소리가 길가로 튀어나왔습니다.

　맹구 부모가 부부싸움을 하는 소리였습니다.

스스로 읽는 성취감, 스스로 완성하는 글짓기,
어르신 이야기책을 소개합니다!

　도서출판 지성사에서 어르신들의 인지 기능을 활성화할 수 있는 우리나라 대표 문인들의 작품을 모아 큰글자책 〈어르신 이야기책〉을 펴냈습니다. 이 시리즈는 어르신들의 집중도에 따라 책을 선택할 수 있도록 글의 수준이 아닌, 원고 분량으로 나누었습니다. 긴글(70~120매), 중간글(40~70매), 짧은글(40매 미만) 그리고 그림책입니다.

　〈어르신 이야기책〉은 어르신들께서 쉽게 책 한 권을 완독하는 성취감을 느끼게 해줍니다. 우리나라 대표 문인들의 작품이라 문장의 완성도 또한 높습니다. 무엇보다 회상작용이 일어날 수 있는 소재의 작품들로 구성되어 있어, 어르신들의 인지 기능 활성화(치매 예방)에 큰 도움이 됩니다.

　특히 그림책에는 두 가지 기능이 있습니다. 첫 번째는 집중도가 떨어지는 어르신들이 그림에 곁들인 한 줄 글을 마중물 삼아 당신의 기억 속 이야기를 말씀할 수 있게 유도합니다. 두 번째는 문해학교 등에서 어르신들이 스스로 글을 짓는 데 활용됩니다. 그림책에는 그림과 한 줄 글이 제시되어 있고, 여백이 있습니다. 어르신이 직접 글을 지어 채우는 공간입니다. 글을 완성한 후 표지에 이름을 적어 넣으면 세상에 한 권뿐인 어르신의 책이 완성됩니다.

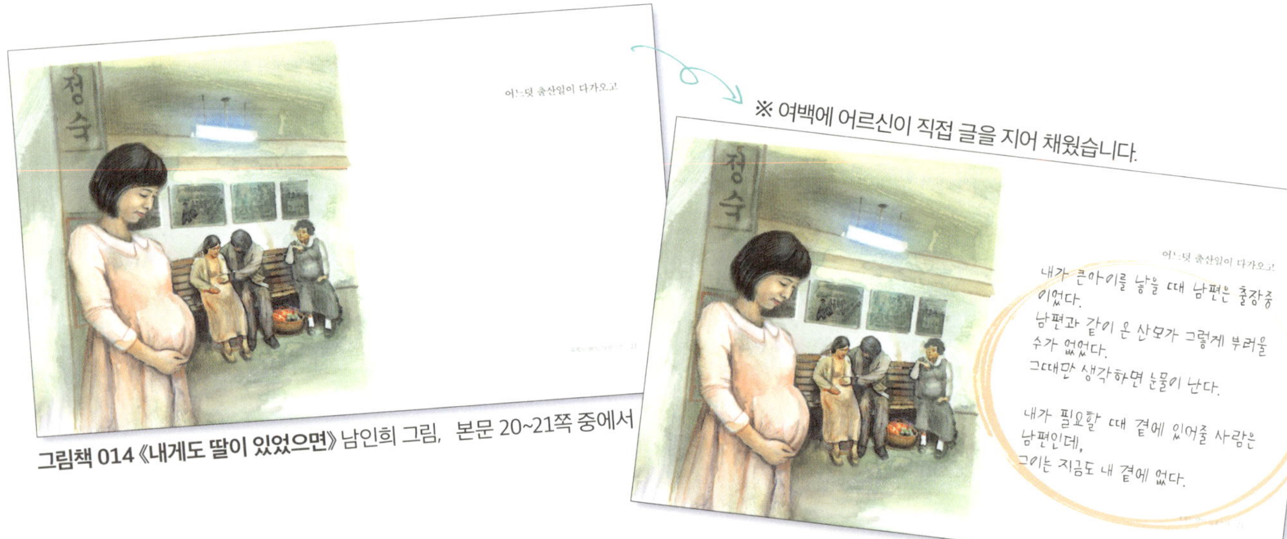

그림책 014 《내게도 딸이 있었으면》 남인희 그림, 본문 20~21쪽 중에서

※ 여백에 어르신이 직접 글을 지어 채웠습니다.